29 Novembre 1907

VENTE

Du Vendredi 29 Novembr 1907

HOTEL DROUOT, SALLE N° 9

A DEUX HEURES PRÉCISES

marque PN

Faïences et Porcelaines

ANCIENNES

PRINCIPALEMENT DE DELFT ET DE LA CHINE

Provenant de la Succession de M. L...

COMMISSAIRE-PRISEUR
M° F. LAIR-DUBREUIL
6, rue Favart

EXPERTS
MM. PAULME & B. LASQUIN FILS
10, rue Chauchat | 12, rue Laffitte

CATALOGUE

DE

Faïences Anciennes

PRINCIPALEMENT DE DELFT

A décor bleu ou polychrome

ET DE FABRIQUES DIVERSES FRANÇAISES ET ÉTRANGÈRES

Porcelaines Anciennes

DE CHINE ET AUTRES

Provenant de la succession de M. L...

ET DONT LA VENTE AUX ENCHÈRES PUBLIQUES AURA LIEU

HOTEL DROUOT, SALLE N° 9

Le Vendredi 29 Novembre 1907, à 2 heures précises

COMMISSAIRE-PRISEUR
M⁰ F. LAIR-DUBREUIL
6, rue Favart

EXPERTS
MM. PAULME & B. LASQUIN FILS
10, rue Chauchat | 12, rue Laffitte

Chez lesquels se distribue le présent Catalogue

EXPOSITION PUBLIQUE
Le Jeudi 28 Novembre 1907, Salle n° 9, de 1 h. 1/2 à 5 h. 1/2

CONDITIONS DE LA VENTE

Elle sera faite au comptant.

Les adjudicataires paieront *dix pour cent* en sus des enchères.

Paris. — Imp. de l'Art, Ch. Berger et Cⁱᵉ, 41, rue de la Victoire.

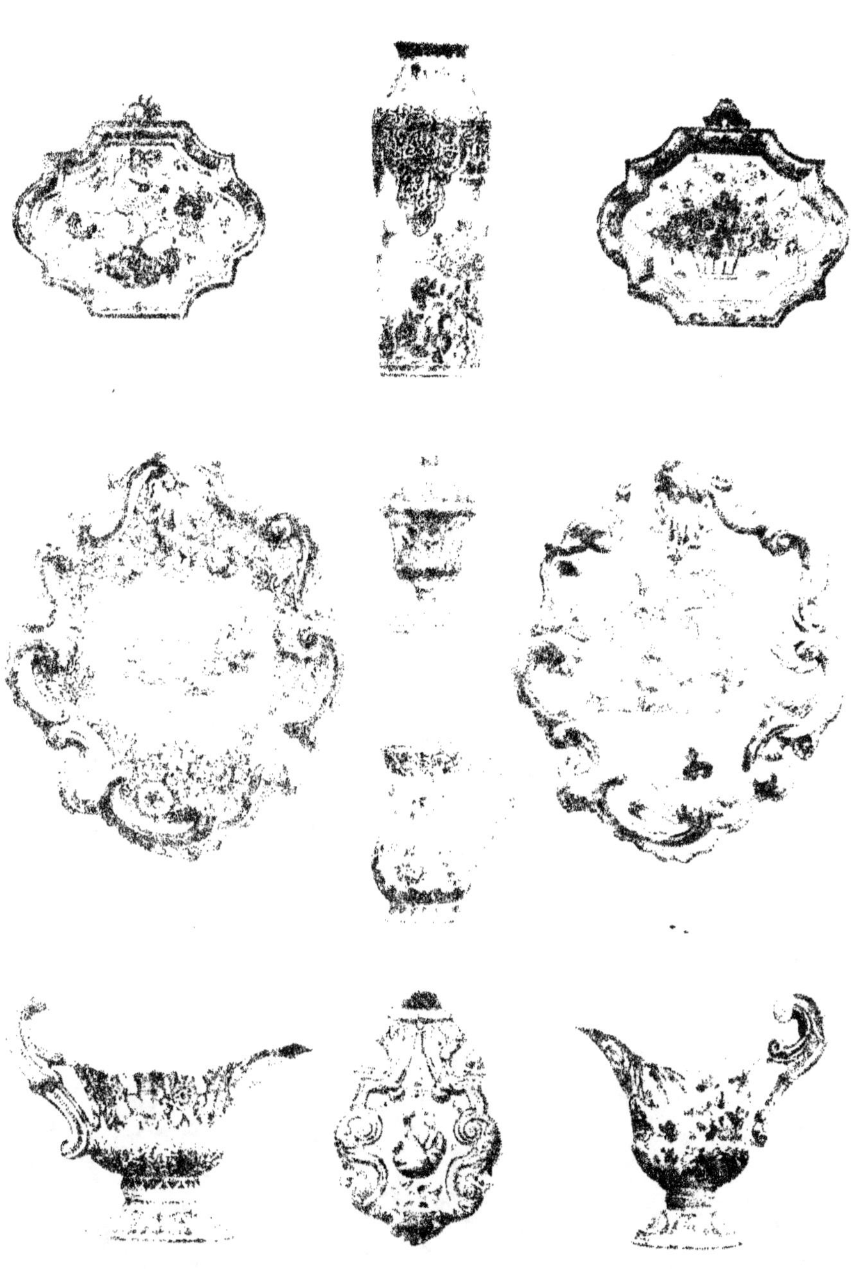

DÉSIGNATION

ANCIENNES FAIENCES DE DELFT

1. — Vase-cornet côtelé, à col rétréci, décor polychrome ; à la base, arbustes fleuris et oiseaux ;
lambrequins à l'épaulement.

Marque de Pynacker en rouge, nᵒ 10.

Haut., 28 cent.

2 — Deux petites bouteilles à long col et pans
coupés, décor polychrome de feuillages, fleurs
et oiseaux, et lambrequins au col.

Marque de Pynacker en rouge, nᵒ 8.

Haut., 22 cent. 1/2.

3 — Sucrier, de forme carrée et contournée, à renflement médian, décor polychrome de bouquets
de fleurs ; le couvercle orné dans les coins de
palmes en relief et surmonté d'un escargot sur
une feuille de vigne.

Pièce curieuse.

4 — Petite coupe à piédouche, décor polychrome à fleurs et rinceaux.

Marque de Pynacker.

Diam., 14 cent. 1/2.

5 — Porte-huilier à cinq compartiments côtelés ; ils sont reliés par quatre anses finement décorées en couleur d'arbustes fleuris. Socle en bois de fer.

6 — Pot à lait, de forme côtelée, décoré en couleur sur la panse d'arbustes fleuris ; à la base, de palmes, et au col de rinceaux de feuillages et fleurs.

Haut., 15 cent.

7 — Petit hanap, en forme de casque, à côtes, avec renflement à la partie médiane et piédouche ; anse formée de rinceaux, décor polychrome d'arbustes fleuris et oiseaux.

Marque : OO S'.

Haut., 21 cent.

8 — Petite tirelire, en forme de vase, à pans coupés, piédouche et couvercle adhérents, décor polychrome de feuillages et fleurs.

Marque : *An Naa Van den Bosch, 1803.*

Haut., 18 cent.

9 — Petit vase-jardinière, de forme Médicis, à piédouche, avec soucoupe, décor fond jaune, orné de réserves de fleurs en bleu sur blanc.

Haut., 12 cent.

10 — Hanap, de forme côtelée, à renflement médian
et piédouche, décoré en bleu sur blanc de lambrequins à la partie supérieure et fleurs à la
base; anse en forme de rinceaux et bec à mascaron de tête d'homme.

Haut., 21 cent.; larg., 25 cent. 1/2.

11 — Paire de souliers, décorés sur le dessus d'un
paysage et d'un nœud, en forme d'aile de moulin,
en bleu sur blanc.

Long., 20 cent.

12 — Soulier avec boucle, décoré en bleu sur blanc
de rinceaux de feuillages et fleurs.

Long., 16 cent.

13 — Drageoir, de forme ovale, à bord contourné, à
neuf compartiments décorés en bleu sur blanc
d'arbustes fleuris et lambrequins.

Larg., 30 cent.; long., 36 cent.

14 — Vase-cornet, à renflement médian et col évasé
richement décoré en polychrome de trois réserves avec roches, arbustes fleuris et oiseaux,
séparées par trois bandes fond bleu, avec petite
réserve de fleurs sur fond blanc.

Haut., 25 cent.

15 — Deux buires avec anses, couvercles en étain,
décorées en bleu de sujets bibliques dans un
paysage.

16 — Paire de petites potiches couvertes et côte-
lées, décorées en bleu sur blanc de sujets
chinois.

Haut., 34 cent.

17 — Tirelire, en forme de gourde, à double renflement, surmontée d'un vase, décoré en bleu
sur blanc, avec inscription : oiseaux, fleurs et
lambrequin à la base.

Haut., 29 cent.

18 — Paire de bouteilles, décorées en bleu sur
blanc de lambrequin, cœurs et feuillages.

Haut., 32 cent. 1/2.

19 — Cornet à col évasé, de forme ovoïde, décoré
en bleu de réserve : oiseaux et fleurs.

Marque : I. G., 56.

Haut., 35 cent.

20 — Porte-fleurs, de forme aplatie et en éventail,
pied rectangulaire, décoré sur les deux côtés de
fleurs et feuillages, avec amours au centre en
bleu sur blanc.

21 — Petit vase-cornet, décoré en bleu sur blanc
de deux réserves avec vase de fleurs et dents
de loup à l'épaulement.

Marqué de quatre lettres chinoises.

Haut., 21 cent.

22 — Potiche couverte côtelée, décorée en bleu sur
blanc, ornée de huit réserves avec personnages
chinois, arbres et oiseaux, séparés par des
bandes en relief.

Haut., 45 cent.

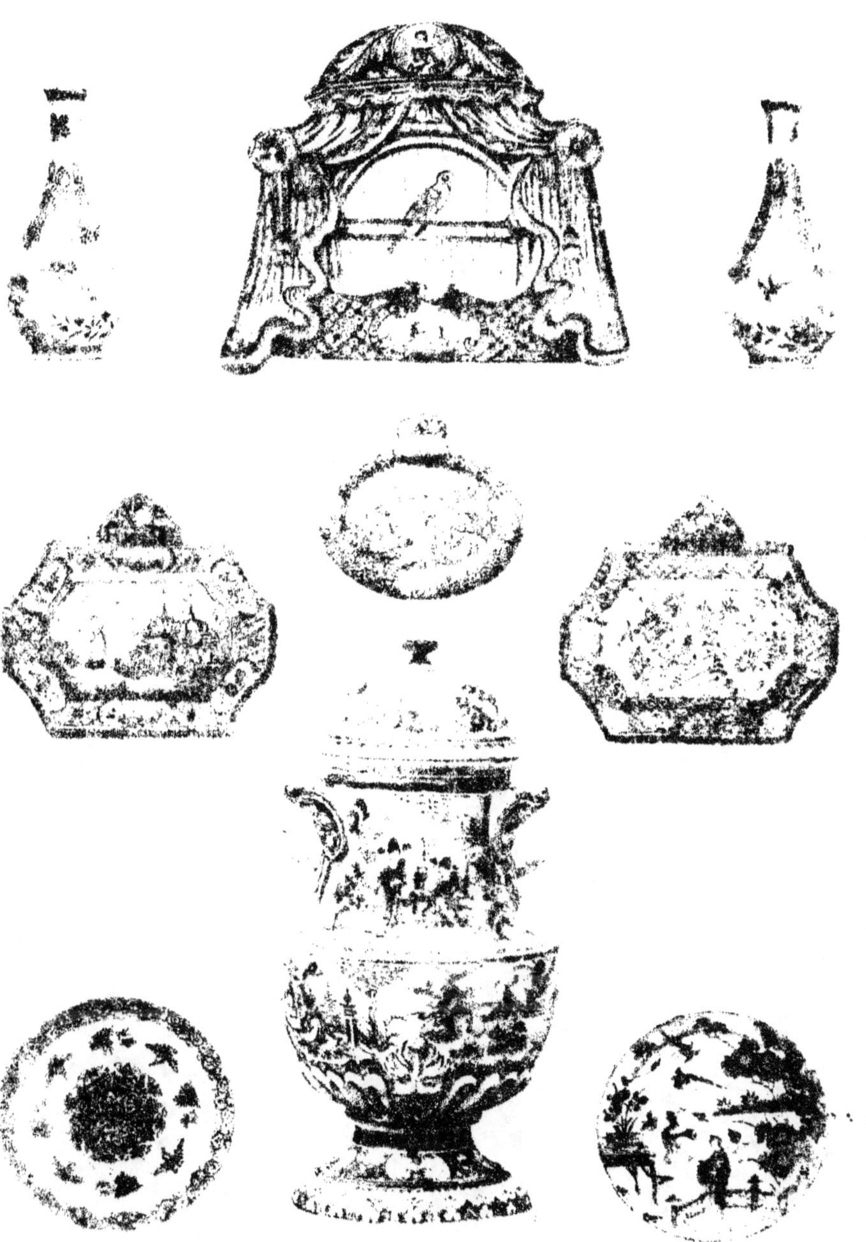

23 — Vase-cornet à col rétréci, décoré en bleu d'un sujet familier chinois, avec lambrequin au col et à la base.

Haut., 40 cent.

24 — Grand vase-cornet à col évasé, décoré en bleu d'arbuste, fleurs et oiseaux, et lambrequins au col, dans le goût chinois.

Haut., 43 cent.

25 — Petite plaque ovale, finement décorée en bleu, au centre, de nymphes se baignant dans un paysage; encadrement en relief, à décor de fleurs et feuillages, et de quatre réserves médaillons.

Haut., 18 cent.; larg., 20 cent.

26 — Plaque à décor polychrome, ornée au centre d'une corbeille fleurie, cadre simulé en relief, de forme contournée, décoré de fleurs sur fond pointillé bleu.

Haut., 31 cent. 1/2; larg., 23 cent. 1/2.

27 — Plaque ornée, au centre, d'un paysage, avec berger et bestiaux dans un riche entourage de fleurs et rinceaux en couleur sur fond rouge de fer; encadrement, de forme contournée, à rocailles et coquilles en relief.

Haut., 35 cent.; larg., 29 cent.

28 — Plaque, ornée au centre d'un sujet en camaïeu bleu, à quatre personnages égorgeant un porc, dans un paysage: encadrement de

forme contournée, à rocailles et coquilles poly-
chromes en relief.

Haut., 33 cent.; larg., 27 cent.

29 — Plaque, de forme contournée, décorée en couleur de branchages fleuris, avec petite bordure
en relief.

Haut., 31 cent. 1/2; larg., 28 cent. 1/2.

30 — Autre plaque pouvant faire pendant à la précédente, à décor polychrome.

Haut., 32 cent. 1/2; larg., 28 cent. 1/2.

31 — Plaque, de forme ovale, à bord contourné, en
relief, décorée au centre, dans le goût chinois,
de branchages fleuris, oiseaux et rochers, en
couleurs sur fond blanc.

Haut., 32 cent. 1/2; larg., 26 cent.

32 — Plaque, de forme rectangulaire, à angles cin-
trés; la partie centrale en relief, décorée de fleurs
et oiseaux en bleu sur fond blanc dans un encadrement polychrome.

Cette plaque porte au revers l'inscription suivante en
bleu : *De Gouverneur Ginnerael Den September 1857.
P. V. B.*

Haut., 33 cent. 1/2; larg., 26 cent. 1/2.

33 — Plaque, de forme analogue à la précédente,
décorée en bleu et blanc d'un paysage avec
habitations au bord d'un canal, gorge jaune,

encadrement à quadrillés et six réserves, avec branchages fleuris.

Cette plaque porte l'inscription suivante en bleu, au revers :

```
GOŬVERNŬER        J.M
GENERAEL — j 7 —— 57
    P. V. B        31 · D
```

Haut., 33 cent. ; larg., 27 cent.

34 — Plaque ovale, à décor polychrome sur fond blanc de branchages fleuris, oiseaux et rochers.

Haut., 19 cent. ; larg., 22 cent. 1/2.

35 — Paque ovale, de forme contournée, décorée en bleu d'un sujet biblique, dans un paysage.

Haut., 27 cent. ; larg., 33 cent.

36 — Plaque ovale, décorée au centre en bleu sur fond blanc, d'une jeune femme chinoise, portant un vase de fleurs, avec oiseau dans un encadrement de rocailles polychrome en relief.

Haut., 32 cent. ; larg., 27 cent.

37 — Plaque, de forme contournée, à décor polychrome, bordure en relief, elle est ornée au centre d'un rocher avec branches fleuries et perroquet.

Haut., 22 cent. ; larg., 24 cent.

38 — Deux plaques de forme analogue à la précédente, décorées en bleu sur fond blanc dans le goût chinois.

Haut., 24 cent. 1/2 ; larg., 25 cent.

39 — Grande plaque, de forme contournée, décorée en bleu sur blanc dans le goût chinois; bordure en relief, arabesques sur fond vert, avec coquilles dans les milieux.

Haut., 34 cent.; larg., 40 cent.

40 — Plaque, à décor polychrome, simulant une baie avec rideaux relevés de chaque côté par des cordelières, rattachées par des anneaux et surmontée d'un couronnement à galerie avec portrait de femme dans un médaillon, laissant voir au centre une cage avec oiseau; à la base, quadrillés et deux personnages en réserve.

Haut., 32 cent.; larg., 38 cent.

41 — Plaque, de forme contournée, à décor polychrome, dans le goût chinois.

Haut., 35 cent.; larg., 35 cent.

42 — Plaque, de forme contournée, décorée au centre d'un arbuste fleuri, avec oiseaux, insectes en couleur sur fond blanc, dans un encadrement en relief, à rocaille, coquilles et réserves en bleu.

Haut., 34 cent.; larg., 36 cent.

43 — Plaque à décor polychrome, dans le goût chinois, bordure en relief à gorge, avec coquille au sommet.

Haut., 35 cent.; larg., 37 cent.

44 — Plaque, de forme contournée, décorée polychrome dans le goût chinois, bordure bleue en relief et coquilles.

Haut., 34 cent.; larg., 37 cent.

45 — Plaque, de forme contournée, décorée en bleu
sur blanc d'oiseaux sur branchages fleuris.

Haut., 32 cent.; larg., 36 cent.

46 — Grande plaque de forme contournée, repré-
sentant le Jugement de Salomon, en bleu sur
blanc.

Haut., 39 cent.; larg., 37 cent.

47 — Plaque, de forme rectangulaire, décor en bleu,
au centre un sujet pastoral, avec encadrement,
fruits, fleurs, feuillages en relief.

Haut., 20 cent.; larg., 17 cent. 1 2.

48 — Applique porte-lumière, de forme contournée,
décor polychrome ; au centre, médaillon ovale
avec jeune femme et chat ; bordure à rinceau
en relief.

49 — Saladier de forme carrée et contournée à coquilles en relief, décor de lambrequin, arbuste,
fleurs et oiseaux en bleu.

50 — Plateau de drageoir, décor en bleu dans le
goût chinois.

51 — Plateau décoré en couleur, au centre d'un
grand vase avec bouquets de fleurs, ustensiles
et oiseaux, bordures à quadrillés et anneaux.

52 — Plateau de forme contournée et ovale, décor
polychrome.

53 — Deux plats ovales, décorés en bleu et en couleur ; au centre, d'un amour sur un dauphin et d'un paysage avec ruines ; au marli, fleurs et feuillages en relief.

54 — Plat à barbe, à bord festonné, décor polychrome.

55 — Plat rond, à décor bleu, sujet biblique au centre, fleurs au marli.

56 — Trois plats ronds, dont deux semblables, décor bleu, à lambrequins et fleurs.

57 — Plat rond à ombilic et large marli à godron, décoré d'un paysage en bleu.

Diam., 34 cent.

58 — Deux plats ronds, de grandeur différente, un décoré sur fond vert de quatre réserves en forme de cœurs, avec fleurs en couleur sur fond blanc ; l'autre décor, dit au tonnerre, en polychrome.

59 — Grand plat rond, décoré en polychrome de sept réserves avec corbeilles de fleurs, séparées de bandes bleues.

Diam., 35 cent.

60 — Cinq assiettes différentes à décors bleu sur blanc.

61 — Assiette, décorée en bleu rouge avec rehauts d'or dans le goût chinois, de deux personnages, fleurs et oiseaux dans un paysage.

62 — Assiette décorée, à bord festonné en relief, dans le goût chinois en polychrome.

63 — Assiette à décor polychrome, au centre rosace fleurie, entourée de fleurs détachées, lambrequin au marli.

64 — Paire d'assiettes, décorées de bouquets de fleurs en poychrome.

65 — Paire de petits plats ronds, décorés en bleu sur blanc, au centre d'un chat assis et au marli de lambrequin.

Diam., 26 cent.

ANCIENNES FAIENCES DE ROUEN

66 — Fontaine ayant la forme d'un vase avec couvercle et anses, formées de masques de femmes ; godrons à la base ; décor polychrome dans le goût chinois : personnages dans un paysage.

> Haut., 55 cent.

67 — Hanap en forme de casque, à anses et bec, décor en bleu et rouge de riches lambrequins, godrons et mascaron au déversoir.

68 — Pichet à anses et couvercle, décor polychrome à guirlandes de fruits, fleurs, feuillages et lambrequin.

> A la base se lit l'inscription suivante : *Jeanne Cousin, 1780.*
>
> Au-dessous, « gravé en creux » : *Faite par Louis Cornu, le Deux Décembre 1779, à Rouen, W.*

69 — Porte-huilier, à décor polychrome, de style chinois, à personnages, pagodes, balustrades, fleurs, feuillages et oiseaux ; anses formées de mascarons en relief.

70 — Plat creux octogonal, à bord festonné, avec deux anses-torsades, décor polychrome ; au centre, corbeille fleurie ; au marli, guirlandes de fleurs et lambrequins.

71 — Deux petits compotiers octogones, à bord festonné, décor polychrome de carquois et attributs
au centre; lambrequins et arabesques au marli.

72 — Grand plat rond, à bord festonné, à décor
polychrome dit à la double corne : fleurs, fruits,
feuillages, oiseaux, insectes.

73 — Petit plat ovale, à bord découpé, décor polychrome dit à la double corne : feuillages, fleurs,
oiseaux et insectes: petite bordure à vannerie.

74 — Bannette à deux anses, à bord découpé et
festonné, décor dit à la double corne : fleurs,
feuillages, oiseaux, insectes en couleurs.

75 — Grand plat ovale, décor bleu, à lambrequins
et rinceaux de feuillages.

Long., 50 cent.; larg., 40 cent.

76 — Grande cuvette, de forme ovale, à godrons,
décorée en bleu de lambrequins.

Long., 46 cent.; larg., 35 cent.

77 — Cuvette ovale, à godrons et bord festonné,
décorée en bleu de lambrequins, fleurs et feuillages.

78 — Assiette, décorée en couleurs, au centre, d'une
corbeille fleurie et oiseau; large lambrequin au
marli.

79 — Quatre assiettes, dont trois à la corne, à décor
polychrome de fleurs, fruits, feuillages, oiseaux
et insectes.

ANCIENNES FAIENCES

FABRIQUES DIVERSES

FRANÇAISES ET ÉTRANGÈRES

80 — Coupe, de forme lobée, reposant sur quatre
pieds formés de dauphin et têtes de femmes
engainées, reposant sur une terrasse, décor de
fleurs et lambrequin en bleu sur blanc.

> Pièce curieuse.

81 — Gourde, de forme aplatie, à anses à mufles
de lion et chute de fleurs en relief, décorée de
bouquets de fleurs et lambrequins.

82 — Jardinière avec couvercle, de forme conique et
ajourée, formant bouquetière, décor de style
chinois en rouge et vert sur fond bleu ; repose
sur trois pieds rocailles.

> Marque : *F. Ferrat, Moustiers.*

83 — Grand plat creux à bord contourné, à décor
de *Bérain* en bleu.

84 — Petite cafetière couverte, décor de bouquets
de fleurs sur fond jaune.

85 — Corbeille ajourée simulant la vannerie, à deux
anses, décor polychrome roses et fleurettes.

86 — Plat à barbe en ancienne faïence du Midi,
une petite cruche à deux anses, faïence du
Maroc et un couvercle de potiche vieux Delft
bleu.

87 — Grande coupe en forme de feuille, décorée au
naturel.

88 — Jardinière, de forme rectangulaire, à deux
compartiments, décor de fleurs et rinceaux en
couleur, bordure festonnée.

Marque : Fleur de lis.

89 — Plaque ronde, décor polychrome : Sainte Fa-
mille.

90 — Paire de coupes ovales à piédouche, godrons
à la base et bordées d'échancrures, décor de
fleurs et rinceaux en polychrome.

Haut., 17 cent.; larg., 18 cent.

91 — Console-support, à mascarons de femme et de
faune.

92 — Pichet, décoré sur la panse d'un sujet biblique, entouré de rinceaux feuillagés ; le couvercle,
montures à l'anse et à la base en étain.

93 — Vase, de forme Médicis, à piédouche et godrons, anses forme d'aigles, feuillages en relief
à la base. Décor bleu.

Haut., 40 cent.

94 — Plat rond, décor de rosaces et lambrequins en
couleurs.

PORCELAINE DE CHINE

95 — Pot cylindrique avec couvercle en porcelaine
   à fond bleu fouetté, orné de six réserves dont
   deux sur le couvercle, décorées d'ustensiles et
   fleurs en bleu sur fond blanc. Epoque Kang-hi.

Haut., 18 cent.; larg., 14 cent.

96 — Petit pot de forme analogue au précédent, le
   couvercle avec boutons, en porcelaine bleue
   fouettée, rehaussée de fleurs en jaune, orné de
   huit réserves, dont quatre sur le couvercle, décorées en émaux de couleur, d'arbustes fleuris,
   fleurs et paysages. Epoque Kang-hi.

Haut., 11 cent.; larg., 8 cent.

97 — Pot cylindrique avec couvercle, décor de fleurs
   et feuillages, en bleu sur blanc. Kang-hi.

Haut., 10 cent.; larg., 8 cent. 1/2.

98 — Bol décoré à fond de grecques en gravure et
   en vert, orné de quatre réserves rondes, avec
   cavaliers et arbustes fleuris, en émaux de couleur sur fond blanc.

Diam., 18 cent.

99 — Porte-pinceau en céladon bleu turquoise,
   formé de deux chevaux marins sur les flots.

100 — Petite coupe en forme de feuille, en céladon
   bleu truité, avec branchage et deux grenouilles
   en relief sur le bord.

101 — Vase en céladon flambé, formé de deux car-
pes accouplées.

Haut.. 22 cent.

102 — Vase en céladon flambé lilas, à grosse panse
et col rétréci.

Haut., 38 cent.

103 — Paire de petites potiches couvertes. de forme
balustre, décorées d'arabesques en brun sur
fond capucin, de fleurs en émaux de couleurs
dans deux réserves à quatre lobes et quatre petits
médaillons à fond blanc. Montures en bronze
ciselé doré.

104 — Bouteille à long col et deux anses chimère.
décor de fleurs et oiseaux, feuillages en bleu sur
blanc.

105 — Petit vase et col à panse renflée avec deux
anses, têtes d'éléphant et anneaux. en biscuit,
décor d'arbustes fleuris en bleu dans des compartiments.

106 — Potiche de forme turbinée, décorée sur la
panse de branchages de fruits, à la base et à
l'épaulement, palmettes et lambrequins en bleu
sur fond jaune. Kien-lung.

107 — Paire de bouteilles, forme gourde, à renflement au goulot, décorées en émaux de couleurs
de fleurs, insectes. oiseaux, sur fond jaune
gravé de feuilles de fougères et de quatre réserves à sujets familiers et paysages maritimes.

108 — Grosse potiche, décorée en bleu de branches fleuries avec lambrequins, palmettes au col et à l'épaulement.

109 — Potiche, décorée en bleu sur blanc, de fleurs sur la panse et de quatre réserves à ustensiles grecques et palmettes.

110 — Potiche couverte, décorée en bleu et dorure de fleurs et ornements, sur fond gros bleu, et de plantes aquatiques dans trois réserves, sur fond vert clair.

111 — Grande potiche, de forme carrée, décorée sur chaque face de grecques et de sujets à personnages en réserve.

112 — Bouteille à panse et renflement au col, avec anses chimères, en céladon brun poudré d'or.

113 — Vase, à col évasé, en céladon brun, avec anses à têtes d'éléphants et anneaux.

114 — Pot à anse avec couvercle en étain, décoré en bleu de paysages en réserves.

115 — Deux plats ronds semblables, décorés en émaux de couleur, au centre, d'un bouquet de pivoine avec pagode, marli fond vermicellé brun et lambrequin fond rouge à quadrillé, orné de huit réserves de fleurs.

116 — Plat creux, décoré en émaux de couleur d'un branchage fleuri de pivoine. Kang-hi.

Marque à la feuille.

Diam., 36 cent.

117 — Grand plat à décor fond rouge rehaussé
d'or, avec huit réserves de formes diverses,
ornées de fleurs et paysages en émaux de couleur, sur fond blanc.

Diam., 46 cent.

118 — Quatre grands plats, à décor bleu, deux à
personnages et deux à fleurs, feuillages et
oiseaux.

119 — Deux plats creux, à bords festonnés, décor
bleu de fleurs, feuillages, rochers, oiseaux et
godrons simulés.

120 — Trois compotiers, dont un, fond jaune, décoré
de fleurs en bleu ; les deux autres en Japon,
décor bleu, rouge et or, sur fond blanc.

121 — Deux plats ronds et cinq assiettes, décor
bleu et blanc.

122 — Drageoir composé de neuf compartiments
mobiles, décoré en bleu de sujets familiers.
Socle en bois de fer.

123 — Deux lanternes carrées, forme pagode, ajou-
rées sur les quatre faces, décor bleu simulant
le treillage.

124 — Coupe en forme de coquille, décor de dorure.

ANCIENNES PORCELAINES

FABRIQUES ÉTRANGÈRES

GRÈS

125 — Soupière en ancienne porcelaine de Berlin, avec couvercle et plat de forme ovale, à bord contourné ; décor de lambrequins, fond vert et guirlande de fleurs, rehaussé d'or à rayures.

Long., 45 cent.; larg., 25 cent.

126 — Service à café en ancienne porcelaine de Berlin, composé d'une cafetière, pot à lait, un sucrier, une tasse et sa soucoupe, à décor de fleurettes, chiffre L en fleurs.

127 — Deux plateaux ovales, à anses rocailles, décor de fleurs.

128 — Petite corbeille ronde en ancienne porcelaine de Worcester, à bord ajouré simulant la vannerie, décorée de fleurs en bleu sur blanc.

129 — Deux petites corbeilles, à deux anses, en porcelaine ajourée simulant la vannerie, décorée dans le fond de fleurs détachées.

130 — Coupe en forme d'éventail, en faïence de Satzuma, et trois plaques ovales en porcelaine moderne.

131 — Grand flacon en grès, de forme carrée, décor bleu.

www.ingramcontent.com/pod-product-compliance
Lightning Source LLC
LaVergne TN
LVHW021055050726
842519LV00003B/1164